사유적/사유적,
하나의 관심이
당신의
인도가
되기를
...

글 · 그림 김설진

1981년 12월 22일 폭설 내리던 날 제주도 집에서 태어남.
태어난 날을 기억 못 하지만 키워 주신 부모님이
그렇다고 하시니 지금까지 믿고 있음.
어릴 적부터 낙서하길 좋아했으며 지금까지 하고 있음.
과거에 끄적였던 수많은 낙서들 중
꿈들이 실제로 이뤄지는 일들을 경험하고
잠시 낙서를 멈춘 적이 있음.
하지만 얼마 못 가 다시 시작.
앞으로도 계속 할 것 같음.

손자, 큰아들, 형, 남편, 두 아이의 아빠;
사람, 가족, 춤, 여행, 음악, 바이크, 그림, 낙서, 요리, 술, 꿈;
제주도, 서울, 브뤼셀, … 역마살, ….

사부작
사부작
01

김설진 글·그림

사부작

생각했다.

느꼈다.

.

.

.

.

.

.

그리고 이렇게 썼다.

처음부터 누군가에게 보이려고
쓰거나 그린 낙서들이 아닌데…

노트에 사부작사부작거렸던 흔적들이
나에겐 추억으로 남아 있다.

잘 그린 그림도 잘 쓴 글들도 아니지만
누군가에게는 씨앗이 될 수도 있기에…

용기를 내어 본다.

생각이란 게 갑자기 찾아오기도 하지만

그 생각이 찾아오기 전에 무슨 생각을 했는지

관찰해 볼 필요도 있다.

실수, 하면 어때?

정리, 안 되어 있으면 어때?

나만의 공간인데.
그게 난데.

10대 전엔 일상을 기록했고,
10대에는 비판을 기록했고,
20대에는 사랑과 미래의 불안을,
30대에는 나를 기록하기 시작했다.

춤과 삶의 공통점,

사는 순간(하는 순간) 사라진다.

하지만 그 시간들이 쌓인다.

나는 무엇인가?

죽음에 대해 고민을 하던 나는

더 이상 죽음이 아닌

존재에 대해 궁금증을 가진다.

왜 나는 이곳 지구에 왔으며 어디서 오고 어디로 가는 걸까?

그렇다면 나는 이곳에 오게 된 이유가 분명히 있을 것이다.

'죽을 이유'가 많은 이들은 죽지 못한다.

'살아갈 이유'가 없는 이들이 끈을 놓는다.

죽음,

육체를 남기고 떠나는 것

기억과 함께 사라지는 것

기억으로 남는 것

삶,

앞으로 남은 20,000일을 어떻게 살 것인가?

내가 이곳에서 해야 할 것은 무엇인가?

난 무엇이 하고 싶은가?

글이 가진 힘

백지 위에 아무 글도 쓸 수가 없다고 하는 순간
나는 이미 또각거리고 있었다.
이 글을 어떤 이가 읽게 될진 모르겠지만,
당신이 글을 읽는 순간 그 글이 본인 생각이라고
착각하면서 읽게 되는 것이 글이 가진 힘이다.

예를 들어 휴대폰의 텍스트 메시지를 볼 때면
상대방의 목소리를 연상하면서 자신의 편집대로
이해하며 받아들이고 있는 자신을 발견할 것이다.
그것은 상대방이 아닌
결국 자신 안에 있는 상대방의 모습이기도 하다.

솔직해지자… 난 타인을 어떻게 편집하고 있는가?

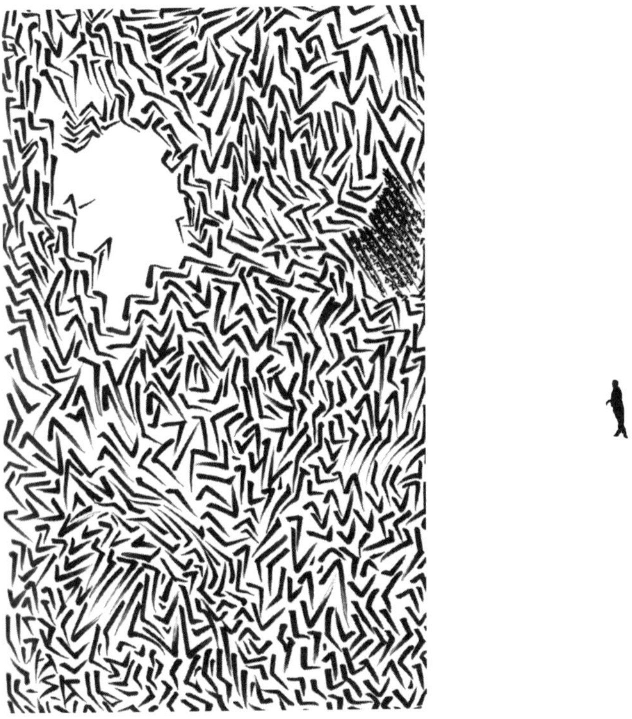

낙서:

머릿속에 있는 그것들을 노트에 어지럽게 정리하는 것

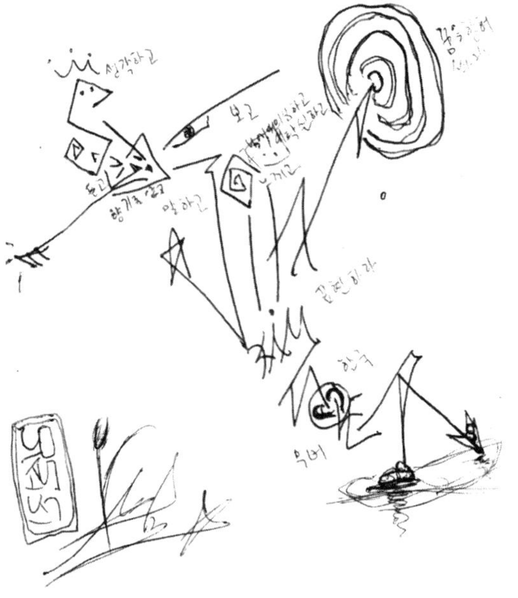
생각하고
보고
듣고
향기를 맡고
말하고
느끼고

살면서 스치는 수많은 흔적들은

몸을 통해 움직임으로 투영된다.

그것을 두면 '습관'이 되기도 하고

그것을 관찰하고 원할 때 꺼내 놓으면 '연기'가 되기도 하고

그것을 발전시키면 '춤'이 되기도 한다.

어떤 예술가들의 대화

음악가　다른 예술 장르들이 부러워. 악기나 장비 따위에 신경 안 써도 되고.

미술가　그건 우리도 마찬가지야. 나도 다른 예술 장르들이 부러워.

모두들 그 자리에서 박수갈채를 받고 그걸 만끽하면서.

아~ 부럽다….

작가　잠깐! 그건 우리도 마찬가지야!

나도 다른 예술 장르들이 부러워.

번역 때문에 고생할 일도 없고…

그리고 이야길 만든다는 게 얼마나 힘든 일인지….

무용가　…너넨 다 남잖아, 우린 하는 순간 사라져….

.

.

.

매니저	너네 뒤치다꺼리 힘들다. 온갖 스포트라이트는 너희가 다 받고 나는 티도 안나….
평론가	짜식들, 내가 너네 키운다. 다 내 덕이야.
관 객	뭐야 이게?!

.

.

.

모두들 가지지 못한 것에 대해 열망하고
해보지 않은 것에 대해 쉽게 결론 짓고
남들이 가진 것을 부러워하기에 바쁘다.

.

악기가 있어 소리 내고
순간이지 않아 오래도록 존재하며
언어와 문화 차이 때문에 특별하고
순간이기에 소중하며

.

그대가 있어 누군가 존재하고
그들이 있어 자신이 존재하는 것을 망각한다.

공존…

장인들은 묵묵히 갈 길을 간다.

지구는 태양을 부러워하지 않고

태양은 달을 탓하지 않으며

달은 그곳에서 밤을 밝혀 준다.

수많은 별들은 그곳에 떠 있다.

타인과 비교하지 않는다.

지나온 과거, 지금까지 쌓아 온 나를 본다.

단기적인 계획을 세우고 나를 위한 동기부여를 한다.

당신의 공간

비밀 하나:

몇 년 전 노트에 쓰인 수많은

미래들은 현실로 이루어졌고

고민들은 결국 시간이 지나니

별것 아닌 게 되어 버렸어.

비밀 둘:

현실 노트, 절대 근사한 것만 쓰여 있지 않아.

빈 곳도 많고 장보기, 목록, 가계부, 스케줄, 고민,

일기, 낙서…

정말 정리되지 않은 수많은 글들이 퍼져 있어.

이번 기회에 다시 보니 정리가 되는 것 같아.

근데 어떤 사람들은 마치 누군가에게

보여 주기 위해서인 것처럼

잘 쓰인, 잘 정리된 것만 남겨 놓고

나머진 버려 버리더라고.

삶에 찌들어 지쳐 있을 때

떠난 사람들이 그리울 때

긴 글, 책 한 권보다

짧은 글에, 종이 한 장이

더 가슴에 와 닿을 때

난 이 글들을 읽는다.

햇살이 눈부셔 다행이다.
바람이 불어 다행이다.
숨 쉴 수 있어서 다행이다.

밤이 와서 다행이다.
비가 와서 다행이다.
잠들 수 있어서 다행이다.
아침이 밝아서 다행이다.

살아 있어서 다행이다.

당신의 공간

______________________ 다행이다.

______________________ 다행이다.

______________________ 다행이다.

______________________ 다행이다.

______________________ 다행이다.

______________________ 다행이다.

______________________ 다행이다.

______________________ 다행이다.

______________________ 다행이다.

______________________ 다행이다.

인간을 탐구하는 가장 근본적인 직업….

왜 인간을 탐구하는가?

나는 인간이기에….

- 자신을 믿어라
- 열어라, 몸도 마음도 시야도…
- 관찰을 게을리하지 마라
- 자신에게 투자하라, 그리고 관리하라
- 의심 없이 창조하라
- 자신을 합리화시키지 마라
- 모든 경험은 창조의 씨앗이다, 두려워 마라
- 집요하고 깊게 파고 들어라
- 원하는 것으로부터 행복을 찾아라
- 모든 룰을 깨라

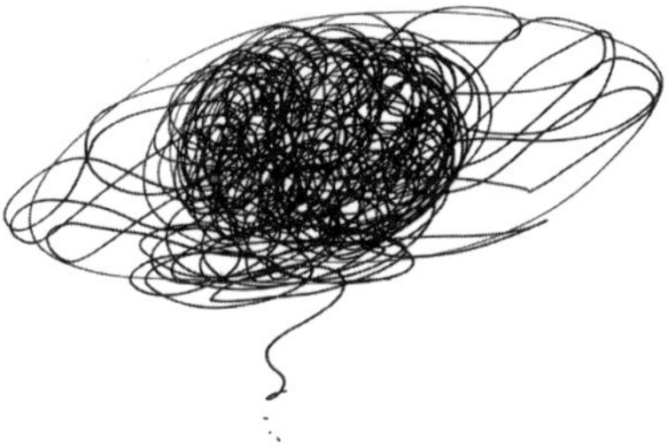

눈에 담느라 사진 찍는 걸 잊어 버렸다.

가끔은 의도적인 건망증.

지는 태양이 잘 보이는구나.

아름답기도 한 노을…

삶이 노을 같을 수 있다면 좋겠다.

악몽. 젠장….

그렇게 잠이 깨어 버렸다.

돌아가면 고칠 수 있을까?

아니 돌아갈 수 있을까?

밖이 어두워지니 내가 비춰진다.

한참을 유리창 밖을
바라보고 그렇게 있었다.

일몰… 네가 가장 잘 보이는 시간.

하루 종일 밝게 빛날 땐
눈부시게 보이질 않더니….

달을 보니 대보름이구나….

문득 하늘을 봤다.
시간이 많이 흘러 있었다….

사부작

철새 무리 떠난 후에 길 잃은 새 한 마리가 날아간다.

아…

다시 보니 길을 잃은 것이 아니라

다른 철새 무리 선두에 있구나.

정답을 제시하는 것이 아니라
물음을 던지는 것이 내가 할 일….

벨기에 집 옥상에서
하늘을 보며
참 멀리도 떠나왔다는
생각을…

소유욕

성욕

식욕

수면욕

쌍욕

.

.

.

.

.

.

목욕

.

.

.

· · ·

참다 보면

조심해야지

하다가도

익숙해지면

자꾸 잊게 된다.

어리석게도

날카롭게 나를 찌르면

다시 생각난다.

귓속에 누군가 들어가고 있는 게 분명하다.

아니고서야 이렇게 가려울 수가.

들어가며 삽질을 하는지 잊을 만하면

귓밥이 계속 나온다….

가덕 듣기

그렇게라도 토해 내고 싶었다.

그렇게라도 붙잡고 싶었다.

그렇게라도 꿈꾸고 싶었다.

이렇게 사라져도 살아가고 싶었다.

낙서하는 이유

사부작

상상을 구체화시켜 몸으로 투영한다.

초현실주의 무용(춤), 내가 추고 싶은 춤….

Listen to the world

move your life

just like dance

Listen to the music

move your body

just like life

나를 바라보는 사람을 웃게 만드는 것

나를 바라보는 사람을 따라하는 것

나를 바라보는 사람으로부터 동정심을 얻으려 하는 것

나를 바라보는 사람에게 장난을 치는 것

나를 바라보는 사람에게 감추고 싶은 것

나를 바라보는 사람에게 부끄러워지는 것

나를 바라보는 사람이 원하는 것을 들어주는 것

나를 바라보는 사람을 애써 신경 쓰지 않으려는 것

나를 바라보는 사람을 바라보는 것

나를 바라보는 사람이 있다는 것…

나를 바라보는 사람이 그리운 것…

인생

사부작 —

세상은 말이야,

모두가 통과할 수 없는 소실점으로 가기 위해

밟고 올라서야 할지, 밟혀 찌그러져야 할지를

숙제로 삼고 살아가는 거야.

여럿이 같이 사는 것처럼 보이지만

사실은 자신을 위해 다른 이를 이용하는 거야.

더 높은 소실점으로 가기 위해

다른 이를 밟고 더 높이 올라가지.

그 소실점에는 아무것도 없다는 걸 모르고 말이야.

-《꽃들에게 희망을》이란 책을 읽고서

곤충은 피부가 뼈로 돼 있어서 몸이 자랄 때

피부 껍질을 벗지 않으면

그 안에 갇혀 썩어 죽게 된다.

인간도 '나'의 허물을 벗지 않으면
그 안에 고여 죽게 된다.

물론 허물을 벗었을 때 가장 고통스럽고

연약한 상태가 되는 건 당연하다.

시간이 지나면 단단한 껍질들을 벗어야 할 시간이

다시

.

.

.

찾아오기에….

하도 비가 와서 자동차가 깨끗해졌다.

하도 울었더니 머릿속이 깨끗해졌다.

잘하고 못하고는
항상 타인이 결정한다.

안경을 썼다.

세상이 보인다.

.

.

.

피곤하다.

크게 퍼져 있던 소리들… 음악…

볼레로의 선율이 몸속을 파고든다.

고막 안쪽 깊숙한 곳을 기생충처럼

파고들어 온 볼레로가

내 몸을 갉아먹고 나를 지배하려 한다.

나의 영혼은 볼레로와 싸운다.

숨 쉬는 껍데기를 찢어 버리면 자유로울 수 있을까?

사람들은 자신의 존재를
타인에 의해 각인한다.

죄송합니다.

그냥 기다리고만 있습니다.

죄송합니다.

당신을 아직 잊지 못하였습니다.

죄송합니다.

당신을 잊기엔 접어야 할 기억들이 너무 많습니다.

죄송합니다.

당신을 아직 잊지 못하였습니다.

죄송합니다.

앞으로도 잊지 못할 것 같습니다.

죄송합니다.

너무 슬퍼

왜냐고?

네가 날 떠나 버렸잖아.

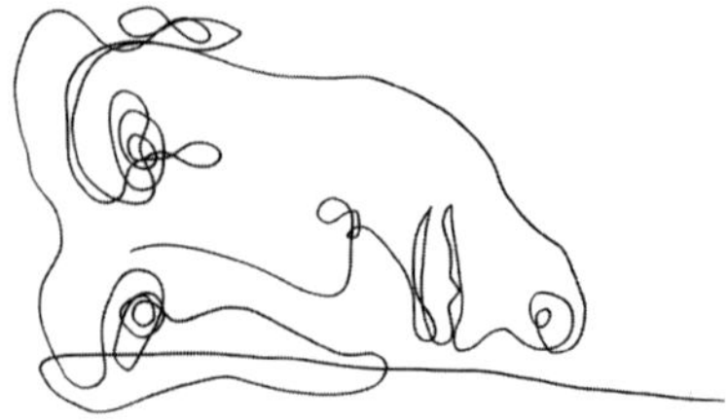

누가 말했지.

'사랑해'란 말은

자주 쓰면 그 소중함을 잃어버린다고….

그래, 그래서, 난…

그 소중한 '사랑'이란 단어를

너에게만 쓰는 거야.

사랑해….

바다만큼 그렇게 파래도

그 수많은 별들을 안고 있어도

세상 사람들보다 높은 곳에 있어도

하늘은…

하늘은…

결코 날 버리지 않거든…

하늘은…

결코 거짓을 논하지 않거든.

그리고 하늘을 보면

네 모습이 생각나거든….

사부작 ——

사부작 —

하늘이 좋은 이유

음악 시간엔 왜…
가곡, 클래식, 민요들만 나오고
재즈나 헤비메탈, 힙합은 안 나오지?
단소나 리코더는 가르치면서
기타나 비트박스는 왜 안 가르쳐 주지?

그건
청소년 정서에 맞지 않는다는
어른들의 궤변론 때문일 거야.

현실

사부작

064
/
065

난 동정의 언덕을 넘어

세상이란 늪에 들어가

내 삶의 쇠퇴와 좌절과 죽음을

맞이하였다.

성장

순간을 위해 존재하는 그 시간.
하는 순간 사라져 버리는 '그것'을 잡을 수 있을까?
당신이 보는 '순간'보다 훨씬 많은 시간을 쌓아 간다.

하루하루 반복되는 과정 속에서
매 순간의 선택을 하고
공통된 기억들을 몸 안에 심어 넣는다.
그렇게 쌓여 가는 시간들.

아무도 믿지 않는…
무대에 올라가기 전 불안감을 몸에 휘감고
무대에 오르고 무대가 끝나고
땀인지 눈물인지 모를 춤을 추스르고

집에 와 멍하니 천장을 바라본다.
하는 순간 사라져 버리는 '그것'을 잡을 수 있을까?

사부작

무용수로서의 삶

사부작

세상을 살아가는 데 꼭 필요한 몇 가지가 있어.

마실 수 있는 물과 숨 쉴 수 있는 공기,

밝은 빛 그리고 소금.

하지만 제일 중요한 건

바로 너.

정신병인가 보다.

칠판이 괴물로 보이고

선생님이 미친 사람으로,

분필이 나를 향해 날아오는 총알로 보인다.

넓은 교실에 여럿이 있는데

혼자 있는 것 같다.

쇳덩이가 나를 누르는 느낌.

올가미가 나의 심장을 죄어드는 느낌들….

회색 빌딩 숲속에

황금만능주의, 돈과 명예에 찌들어 버린…

그들.

인정이란 단어를 잊으려는 사람들,

예전에도 그래 왔듯이, 지금도 그렇듯이

미래에도 그런 사람들은 존재하겠지.

바퀴벌레처럼….

정치

사부작

햇빛은 밝은 빛을 만들기도 하고
햇빛은 어두운 그림자를 만들기도 한다.

누군가를 사랑한다는 감정,

누군가를 기다리는 시간,

이것들을 가지고 있으면 행복해.

내가 변하기 전에

그것들은 나만의 것이니까.

작은 행복

사부작

눈물이 나올 때면 고개를 들어
하늘을 보던 너.
눈물이 나올 때면 고개를 숙여
얼굴을 가리던 나.

당신이

울 수 있다는 것은

참으로 행복한 일입니다.

지난, 많은 기쁨이 있기에

지금, 조그만 슬픔에도

눈물을 흘릴 수 있는 겁니다.

누구나

눈물을 흘릴 수 있습니다.

당신의 눈에서도 눈물이 흐를 수 있다면

당신은
결코
불행하거나 슬픈 것이 아닙니다.

난…

널 사랑하지만

너에게 말할 순 없어.

난…

너무 초라하거든.

다음 세상에 태어날 땐

나만의 인생을 살 수 있다면 좋을 텐데…

돌이 될지라도….

소원

나,

그 사람 외의 다른 사람을 사랑하게 된다면

뿌리칠 수 있는 용기를 주소서.

나,

그 사람 외에 다른 사람을 위해 살게 된다면

날, 죽음 앞에 심판케 해주소서.

나,

비록 그 사람을 찾지 못하였으나

그 사람만을 위해 그 사람의 모든 것을 사랑케 해주소서.

그 사람이,

날 미움이라고 부를 때에도

난, 그 사람에게 사랑이라는 말을 하게 해주옵시고

그 사람의,

흉터까지도 감싸 줄 수 있는

그런 사람이 되게 해주소서.

오직 그 사람, 바로 당신만을….

거울에 비친 내 모습이

너무 싫어

거울을 깨트렸다.

산산조각이 난 거울은

날 비웃기라도 하듯

다시 날 비추고 있었다.

.

.

.

미칠 노릇이다.

날개를 준비하자,

자유로이 날 수 있는….

비록 그 날갯짓이 화려하지 않은,

서투른 날갯짓일지라도

하나의 점이 되자.

자유를 향하여…

높이, 그리고 멀리….

자유 여행

하느님이 인간에게

눈을 준 이유는

세상이 아무리 타락했어도
눈 뜨고 볼 만큼

아름다움이 아직
남아 있어서가 아닐까?

사부작 ——

어른들이 평범하게 사는 게

가장 좋은 거라고 할 때

난,

평생 동안 평범하게 산 것만큼

불행한 건 없다고 그랬는데…

그랬었는데….

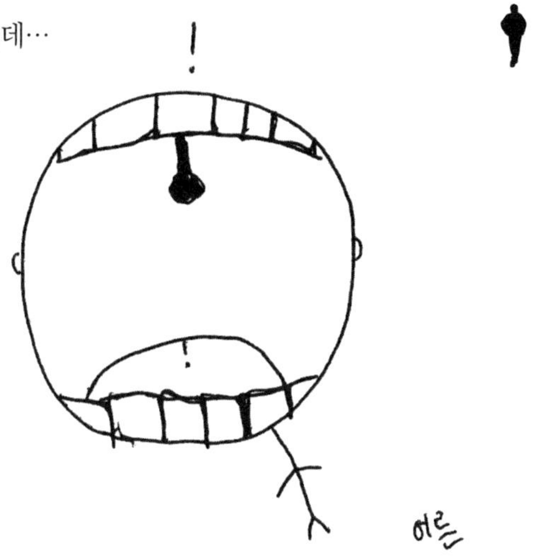

어릴 때부터

모두 똑같은 것만 알려 주고

기계처럼 똑같이 키워 놓고

왜 넌 다르게 생각 못 하냐고?

이제 와서, 원~!!!

빨간 사랑

주황빛 추억

노란 만남

초록빛 아픔

파란 눈물

남색 이별

보라빛 그리움

무지개 사랑

모든 사람들이 도박을 하며 산다.

그건 바로 **삶**이다.

나, 지금

접시 물에라도 빠져 죽고 싶다.

내가 없어도 달라질 건 없으니까.

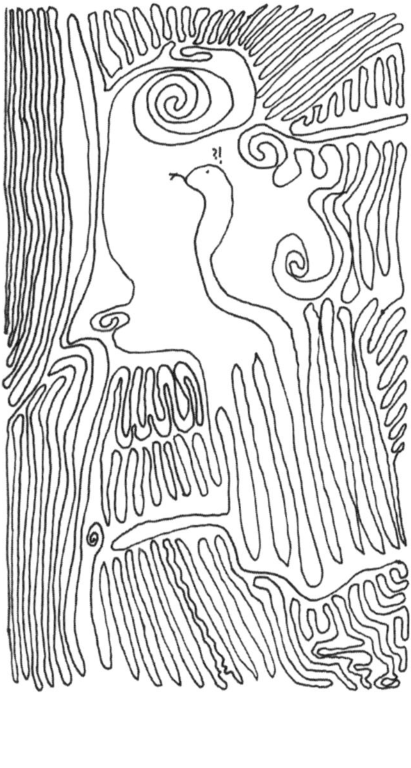

사고가 날까 봐

오토바이를 안 사준다고?

그럼

죽을까 봐 어떻게 살아?

핑계

사부작

하늘을 본다.
새가 날아간다.
길을 잃었는지 혼자서 난다.

그 새는 내가 있든지 말든지
상관 않고 서투른 날갯짓으로
작은 점이 되어 간다.

세상에 모든 것이 날 싫어하는 것 같다.
너 마 저….

모두가 날 비웃을지도 모른다.

그러나

난

그저

내 생각, 내 느낌을

간직하기 위해 적을 뿐이야.

그래, 그렇게 비웃고 싶으면

계속 비웃어도 좋아.

난 계속 쓰고 있을 테니까.

똑같은 교복을 입고 똑같은 학교로 가는 우리

똑같은 책상 위에 똑같은 책들

똑같은 의자 위에 똑같은 표정을 한 우리

똑같은 글들을 필기하는 우리

하지만

다른 삶을 살기 원하는

우 ____________ 리

어

쩌

면

.

.

.

혼자!였을 때가 좋았던 것 같다.

적어도 그땐 누구에게

배신당할 것 같은,

그런 느낌은 없었으니까.

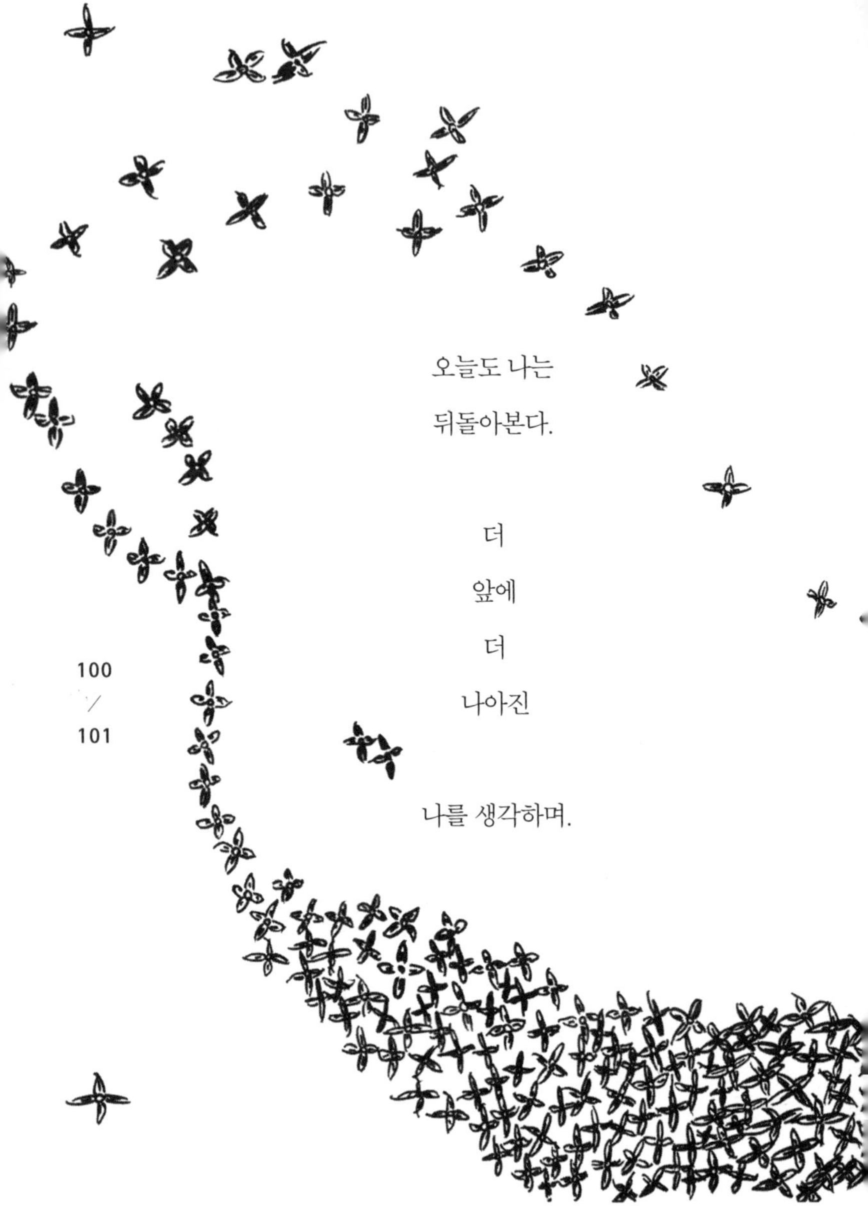

오늘도 나는

뒤돌아본다.

더

앞에

더

나아진

나를 생각하며.

무대에 섰을 때

환희를 느낀다.

힘들 때마다 글을 쓰며 이기려 했고

괴로울 때마다 춤을 추며 잊으려 했다.

지쳐 있을 땐 음악을 들었다.

난 춤을 출 때

희열을 느낀다.

그것만이 세상의 괴로움을 잠시나마 잊을 수 있는

나의 유일한 길이기 때문이다.

춤을 택한 이유는

나에게 춤에 대한 칭찬을 해주는 사람들이 있기 때문이다.

공부와는

달리….

내가 종이에 글을 쓰는 이유는

종이는 아무 말을 않고 내 말을 들어주기 때문이다.

어떤 것을 쓰든, 어른들과는 달리….

난, 내가 원하는 것에서 최고가 된다.

서로가 믿는 척하지만,
믿음이란 밝은 빛 뒤엔 항상
의심이란 어두운 그늘이 존재한다는 것도
깨달았어.

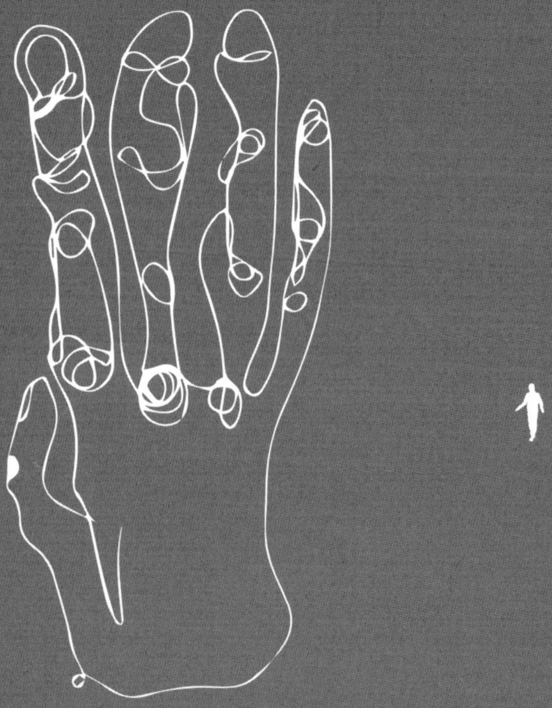

- 아찌! 이 쓰레기는 넘 커서 버릴 데가 없어요!
  어디다 버려요?

- 꼬마야, 그 쓰레기가 뭔데?

- 세상이요!

대화

사부작 ——

언제나
날 거울 속에 비춰 본다.

나의 더러워진 마음을 보기 위해.
그리고 그 더러움을 씻어 버리기 위해서.

초콜릿과 사랑의 공통점,

달콤함이 나를 녹인다.

전날 무엇을 했든, 컨디션이 어떻든

'못 하겠다'라는 이야기는 X.

전체적으로 ↓되기 때문에.

무조건 해야 한다.

힘들고 한계에 다다랐을 때 꺼내는 것이 강력하게

다가올 수도 있다.

하는 중에 '잠깐' 정지하며 따지거나 잘잘못을 가리지 않기.

끝난 후에 말하기.

누군가 할 때 마음에 안 들어도 말하지 않기.

쌓이게 되면 힘들어질 수도 있기 때문에….

단, 마음에 드는 것은 꼭 말해 주기.

시대의 뉴스들을 잘 파악하라.

누군가와 비교할 때

자신이 부족한 것처럼 느껴진다.

그리고

자신이 가지고 있는 것을 잃어버린다.

자신을 사랑하는 것이 먼저다.
자신이 가진 것들에 관심을 갖고,
인정하는 것부터 시작하라.

대학은 시작을 위한 준비 단계일 뿐

대학을 졸업해야 진짜 시작이다.

내가 보는 곳이

정면이다.

당신이 보는 시간보다 훨씬 많은 시간을

우리는 함께한다.

간단한 구조를 어떻게 풀어낼 것인가? 하는 순간

사라져 버리는 '이것'을 잡을 수 있을까?

'날것'의 신선함을 무대에서 유지할 수 있을까?

무대에 있는 순간보다

훨씬 많은 시간을 함께하고 공들인다.

순간의 사라짐으로,
존재하는 이 시간을 기억으로나마
잡아 두려고
땀을 흘리는지도 모르겠다.

여름날 매미의 울음처럼

무대 위의 시간은 그렇게 쌓여 간다.

모든 사람의 마음에 들 수는 없다.

그럼 최소한 내 마음에는 들어야지.

이미지를 먼저 찾고 **움직임**을 만든다.

오랜만에 움직이는 몸뚱이는 지루할 정도로 무겁구나.

하나의 인물을 창조한다는 것이
얼마나 매력적인 일인가?

댄서들, 출연자들의

개인적, 독자적인 Personality를 중시한다.

댄서는 기계가 아닌 인격체이다.

무대 위에서 할 수 있는 행위에 대한
제한을 두지 않는다.

나무는 높을수록 뿌리 또한 깊다.

빌딩은 높을수록 지하 또한 깊다.

사람들은 땅 위에 보이는 것에만 집착하며 동경한다.

땅 아래 얼마나 깊게 얼마나 강하게

자리 잡고 있는지도 모른 채….

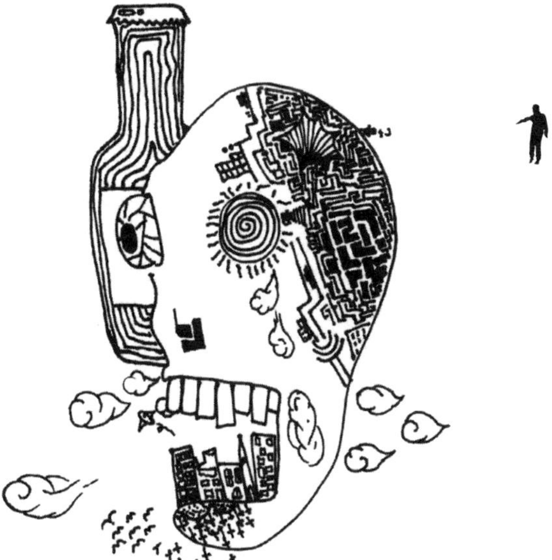

그동안 결심했던 것들 중에… 한 것이 없다.

그래도 놓지 말자! 꼭 해야지… 해야 하는 일은 하자!!!

모든 춤은 움직임과 상통한다.
모든 움직임은 춤이 될 수 있다.

예술은 삶이 될 순 있지만…

삶이 예술이 되는 것은 위험하다.

삶에서 어떠한 것들을 확장, 변형하여 담아내는 것.

춤춰서 돈을 번다.

돈을 벌려고 춤을 춘다.

~는 다르다.

예술은 삶을 위해 존재한다.

'날고 싶다…'고

한참을 생각하다 보니

…

난 이미 지구와 함께 우주를

…

날고 있었다.

너무 울어

지친 하늘이 잠들지 못하고

새벽을 기다린다.

비 오는 새벽 빗소리와 천둥소리에
나도 잠들지 못했다.

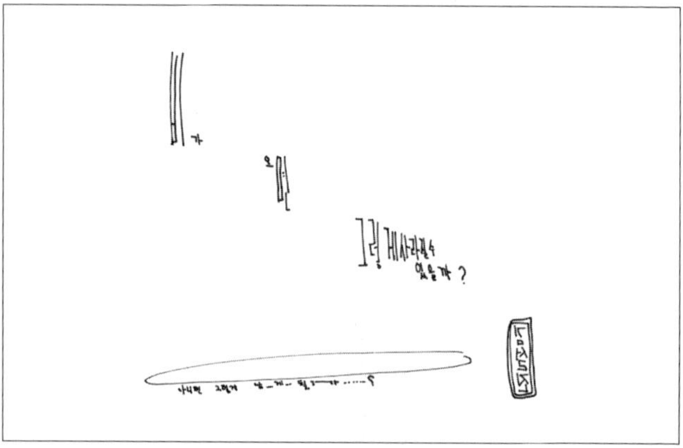

카테고리를 만들기 좋아하는 사람들,

카테고리를 찾지 못한다면 사람들은…

특이하다 또는 이상하다 혹은 그 어떤 다른 것으로 분류한다.

그렇게 또 다른 카테고리를 만든다.

마치 교복을 입히듯 모든 것을 규정짓고 싶어 한다.

두발 단속, 교복 또는 제복 안에 가둬 놨을 때

통제할 수 있다고 믿기 때문은 아닐까?

다행스럽게도 '심장'은 통제되질 않는다.

'제어'되질 않는다.

축복이다.

내 '심장' 소리에 귀 기울일 수 있어서….

박수 소리가 채찍 소리처럼 들린다.

(무대가 점점 무서워진다….)

이런 뱃멀미 같은 삶이여…

귀를 막으니
내 안이 소란스럽다.

구멍 난 양말에 내 몸을 구겨 넣는다.

가끔은 혼자일 필요가 있다.
지금이 그렇다.

귓가에 있는 모기를 잡으려다

내 빰을 후려치다.

어디에 있는가보다

누구랑 있느냐가 더 중요한지도…

나방… 나비

비슷하지만 참 다른 운명을 타고난 것.

네 머리 위에 벌레를 잡으려다

널 때렸다.

저기 날 보며 웃는 여인,

가만히 보니

·

·

·

마네킹이네….

내가 쉬는 숨이 한숨일까?

살기 위해 내 쉬는 날숨일까?

가슴이 먹먹하다.

내쉬기 전 들이마신 숨은

왜…

인지하지 못하는 것일까?

미처 몰랐네.

해바라기에

파리가 꼬일 줄은….

배부른 뒤 나오는

트림 소리….

불평을 달고 사는 사람들을 보며….

.

.

빛이 번쩍하더니

.

.

잠시 후 콰광 하고 천둥이 친다.

그런데

난… 왜…

생각하기도 전에 소리부터 지르게 될까?

욱 하고 있는 나를 발견했을 때,
한참이 지나서 후회가 될 때….

화장실 들어갈 때랑 나올 때 다른 사람한테는
휴지를 주지 말아야지.

생각하는 대로

표현할 수만 있다면….

세상엔 많은 사람들,

다양한 사람들이 있음을 인정해야 하지만

그 또한 간단하지만은 않구나.

글처럼 말하는 것처럼 쉬우면 좋으련만…

그럼 미다스처럼 되겠지….

눈이… 감긴다….

말했잖아…

세상엔 정답이 없는 게 아니라

정답이 너무 많다고!!!

근데 난 왜 가끔 잊어버릴까?

기지개는 무엇보다 전염성이 강한 하품으로 찾아온다.

그리고 밤이 된다.

분명 무언가 필요하다.

기지개 이후에 영원한 밤이 오기 전에….

중이 제 머리 못 깎는다?

당연하지.

미용사가 아니니까!

길을 걷다 거리에 누워 있는 사람들이

라이터 켜기를 수십 번 반복하며 시도하는 모습을 보았다.

그들은 왜? 삶을 찾기 위해

라이터를 켜듯이 시도하지를 않을까?

TV를 끄니 내가 보인다.

난 지금 어디에 살고 있는 걸까?

어쩌면 나도 무언가를 금방 포기하고 있는지도 모르겠다.

찬바람 쌩 하고 불 때 라이터를 켜듯이 살아 보는 건 어떨까?

물집이 잡히면?

뭐 어때?

곧 굳은살이 되겠지.

쓰레기통에 담긴 삶의 껍데기들….

아가야…

세상 뒤집기 참 힘들지?

아빤 가끔 잊어버린단다….

시간이 참 빠르게 도망간다.

라면:

반으로 쪼개어 넣을까, 통째로 넣을까?

별일 아닌 순간에도 고민과 선택을 해야 하는 피곤함이 있어 모두가 다른 삶!!!!!

삶,
신제품들이 쏟아지는구나.

채.울.수.없.는.걸.까??? …

매일 먹어도 배가 고프다….

글을 쓰다.

글을 친다.

글이 쓴다.

글이 쓰다.

나비가 떠난 자리에 껍질만 덩그러니 남아 있네….

땀이 눈물을 가린다….

피곤하다. 힘들다.

~라고 말할 힘이 있다면

아직! 이다.

‘죽을 것 같다….’

그래… 언젠간 그럴 테니.

벼야, 한껏 익어 고개를 숙이니 머리가 잘려 나갔구나….

빨갛게 익었던 탐스러운 사과,

아무도 찾지 않으니 검게 검게 타들어 갔구나….

이상한 대화 1(미용실):

머리를 자른다니… 끔찍하다.

이상한 대화 2(졸업 작품):

'졸작'을 준비한다고?

얼마나 '졸작'이길래 준비까지.

또 주말이잖아…!

촛불아, 잊지 마라,

넌 그림자도 만든다는 걸.

태어난 것도 기억 못 하면서 죽을 때를 걱정하다니.

가위

귀신이 보였다.

물었다.

“내 미래가 어떨 것 같니?”

귀신이 말했다.

“병신, 나도 안 살아 봤는데 어떻게 아냐!!!”

불나방아, 넌 후회 없이 불길 속으로 뛰어드는구나….

불나방아, 넌 후회 없이 모든 걸 태워 버리는구나.
마지막 순간에 가장 열정적으로….

나는 '내' 역할을 다하고 있는가?

나방아,

뭐가 그리 부끄러워 밤에만 돌아다니냐?

설마 나비가 뭐라던?

모든 것은 그냥 다를 뿐….

멀리서 들리는 새소리는

귀 기울이게 되고

가까이서 들리는 모기 소리는

귀찮을 뿐이고….

나는 창밖의 풍경을 보는가?

창에 비친 풍경을 보는가?

한 여자의 아들로 태어나

한 여자의 남자가 되고

한 여자의 아빠가 되었다.

숨을 놓지 않기를…

슬퍼하지 않기를…

행여 슬퍼하더라도 건강한 슬픔을 맞이할 수 있도록.

나는 과거에 사느라
미래에 사느라
현재를 살지 못하는가?

누구도 타인 안에 완전체로 들어가지 못하는데
정작 나는 타인을 나의 형태로 깎아 내어
내 안에 넣어 두는구나.

내가 느끼는 타인은 어쩌면

내가 보는
나는 아닐까?

깊은 수면 속으로 들어가
극도의 고요에 이르면
내 안에 소음이 더없이 커지니
어디에도 평온한 고요는 없다.

평온한 소음을 만끽할 수 있도록
삶을 누릴 수 있도록
산속에 있으면 산을 볼 수 없듯이
하나 산을 올라 보지 못한 자는
산을 느낄 수 없듯이

**안에서도
밖에서도
중심을 잃지 않고
크게 숨 쉴 수 있는 삶을
누릴 수 있도록….**

세상에 내 것인 것이 없고
내 것이 아닌 것이 없구나.

애초에 기울어져 있는 지구에 살고 있음을….

무엇인들 바르게 서 있다고 말할 수 있을까?

기울어진 우주 안에 버티고 서 있음조차 감사하거늘….

기억…
전생을 기억하는 순간
세계는 혼란에 빠질 것이다.

여행,

조용한 눈 감기, 고요한 숨쉬기를 통해 나를 들여다본다.

잠시 눈을 감으면 소리가 들리고

잠시 귀를 막으면 내가 느껴지고

잠시 내려 놓으면 숨이 쉬어지고….

모든 것이 만개한 여름,

나는 여름에 살고 있구나.

우리는 뜨거운 여름에 살고 있구나.

지난겨울을 기억하지 못한 채

여름 속에 살다 가누나.

결국 모든 것은 기억이다.

사람들과 함께하는 직업임에 감사한다.
그것은, 내가 미치지 않을 수 있는 끈이다.

수많은 모서리들이 원을 만든다.

불완전한 것들이 완전함을 만든다.

날카로운 그 끝을

아주 가까이서 자세히 들여다보니 둥그렇네…

받아 주지 못할 만큼 커버린 건 결국 나였을까?

삶(인생), 죽음은 선택할 수 없다.
모든 삶은 선택이다.
고로 선택하지 못하는 삶을 살 때
인간은 아무것도 아닌 것에 가까워짐으로
불안을 느낀다.

어둠에서 태어나
빛으로 살다
하얗게 사라진다.

무대에 빛이 밝아지면
불나방처럼 무대로 몸을 던지는
누군가의 땀은
눈부시게 반짝인다.

- 저 큰 배가 어떻게 물에 뜨지?

아이가 물었다.

아내가 말했다.

- 바다가 크니 배가 뜨지….

그래,

'바다'가 크니 '배'가 뜬다.

태양의 빛을 담을 수 있는 우주가 되고 싶다.

나를 사랑하는 것도 연습이 필요하다.

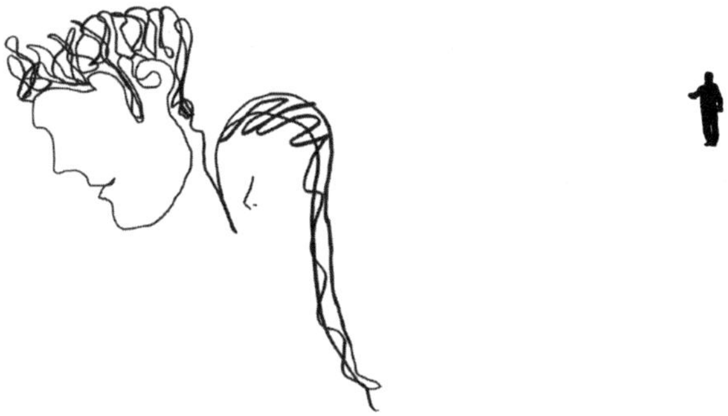

기억은 모든 것을 지배한다.

어쩌면 모든 이는 기억으로 존재하는지도 모른다.

태풍이 오기 전

태풍이 지난 후

태풍의 눈

그 고요함….

잠들기 전 수많은 생각들….

무대에 대한 두려움….

‘볼펜 똥’ 같은 불필요한 말을 하지 말아야 할 텐데….

벼룩처럼 높이 뛰지도

개미처럼 무거운 것을 들지도

파리처럼 날지도 못하면서

누가 누구더러 해충이래~

…

라고 말합니다….

나무는 오랜 시간 듣는다.

말이 없다.

그래서 오랜 시간 있나 보다.

거기에 있나 보다.

관찰,
그리고 새로운 것을 해야 한다는 것에
갇히지 말 것.

몸이 끈적하면 바람이 짜증 나지만…

샤워 후 몸이 뽀송하면

바람도 시원하게 느껴진다고.

-아내가 말했다.

생각을, 자신을 바꾸면 주변도 다르게 느껴지는 것 같다.

오랜만에 본 우리 딸.

아침에 잠에서 깨어 옆에 있는 날 보고 놀라다 계속 웃는다.

작은 몸으로 크게 꼭 껴안아 준다.

그러다 내 얼굴을 다시 확인하곤

"보고 싶었어. 사랑해 아빠…"

란다….

간만에 아이 목욕을 시켜 주겠다던 엄마…

아이는 물을 먹고 울었다.

아이를 달래며

"아가야, 살다 보면 물 먹을 일 많아~

사람한테 물 먹지 않은 게 어디야~"

라고 엄마가 말했다.

눈을 감는다.

날카로운 그것이 몸 안으로 들어온다.

몸이 따뜻해진다. 아니 따뜻해지다 못해 뜨겁다.

우 우 웅~

숨을 멈 추 십 시 오.

우 우 웅~

숨을 쉬 십 시 오.

숨을 쉬십시오.

숨을 쉬십시오.

숨을…

CT 안에서

뜨거웠던 네가

차갑게 포장되어

따뜻하게 내 몸을 돌아다닐 그 즈음,

온몸이 가려워 미칠 것 같더니

결국 너도 따끔한 주사 한 방에

조용히 사라지는구나.

수혈 중 알레르기 반응

가만히 듣다…

주변 소리가 너무 시끄러워 귀를 막으니

내 심장 소리가 더 시끄럽구나….

소리 안에 패턴들이 떨림으로 바뀔 때

그 즈음 내 몸이 말하는 것에 가만히 귀 기울여 보면

나는 그렇게 세상 속에 사 라 진 다.
나는 그렇게 세상 속에 살 아 진 다.

꽃이 진 자리에 열매가….

나는 네가 있어

내가 없이도 내가 있다.

기억으로 남는 우리….

그렇게 눈을 떴다.

벌써 수일째 반복되는 그것이

꿈인지 현실인지….

갑자기 안개가 끼었다.
글자가 읽히지 않았고 숫자도 인지할 수 없었으며
항상 쓰던 2G 핸드폰 조작법도 잊어버렸다.
아니 잃어버렸다.
그렇게 세상이 갑자기 돌아섰다.

시내 한복판에서 버스를 기다리던 나는
그렇게 주저앉고 말았다.
세상이 나를 등진 것인지
내가 세상을 차단해 버린 것인지는 중요하지 않았다.
수없이 많은 소음들이 고요함으로 바뀌어
적막함조차 시끄럽게 느끼게 되었을 때
이미 나는 거기에 없었다….

홍동

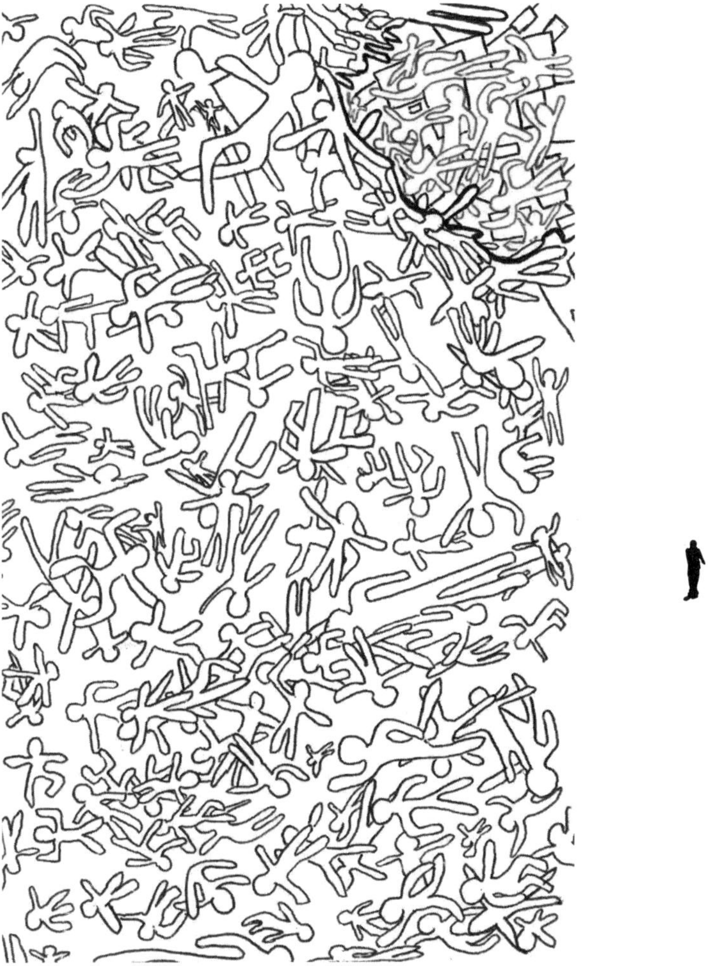

친구는

가깝게 오래 사귄 사람일까?

곁에 있는 사람일까?

아님 추억일까?

어느 날 공중화장실에서 발견한 낙서가 내 인생을 바꾸다.

"당신이 죽어도 세상은 바뀌지 않는다.
단, 당신이 살아 있을 때 세상은 바뀐다."

모든 아이디어의 시작은
도움을 주기 위한 것이지
갇히기 위한 것이 아니다.

죽음을 준비하는 선물들

삶

사부작

또다시 찾아왔다.

어찌 한동안 조용한가 했다.

이번엔 어떻게 맞이할까?

또 어떻게 보내게 될까?

아~ 어떻게 하면 잘 보낼 수 있을까?

안녕. 그다지 반갑지는 않구나….

당신의 공간

많은 사람들이 머리를 숙이고 있다.
나는 그것을 보고 고개를 숙인다.
그리고 그것을 옮긴다.
그것을 사람들은 고개를 숙이고 본다.
얼마나 많은 사람들이 봤는지 나는 또다시 고개를 숙인다.

벼는 익을수록 고개를 숙인다.
사람들은 소통하기 위해 고개를 숙인다.
손가락에 입이 달린 듯이 소리 내어 말하는 법을 잊고
손가락으로 글자들을 토해 낸다.
나도 그들 중 한 사람이다.

당신의 공간

스마트폰이 먼저 나왔다면…

머리 위에 팔 달린 모양을 하고 있었을지도 모르겠다.

하얀 종이,
글을 쓸까, 곱게 접을까,
아니면 그림을 그릴까,
왜 있는 그대로 두지 못할까?

달이 오늘 따라 달달하다.

옥수수 꽃

화려하지 않아서
향기도 없어서
아무도 찾지 않는
옥수수 꽃처럼.

약한 바람에도
우수수 떨어지는 꽃가루를
혹여나 놓칠세라 꼭 붙잡고 있으니
너는 그렇게 붉게 물들어 가는구나…
옥수수 꽃처럼.

딸아이가 어느 날 그림을 보여 주며

"아빠 물고기 같아,

아빠 얼굴에 물고기 있어."라고 했다.

거울을 보니 눈가에
'물고기 지느러미' 닮은
주름 이….

나는 무엇을 위해 사는가
누구도 같은 곳을 지날 수 없다.
흐르는 강물 위에 발을 담그듯이

시간은 흘러 세월을 만들고
세월은 흘러 추억을 만들고
추억은 흘러 죽음을 기억하게 만들겠지….

나는 희망한다.
죽음을 맞이할 마지막 순간의 미소를.

더 이상 추억을 쌓아 갈 수 없을 때, 그때
서로에 대한 그리움으로 슬픔을 흘려보내고…
아련한 미소를 머금어 긴 숨을 삼키자.

시간은 어디로
나는 어디로….

빨간 불보다 파란 불이 더 뜨겁다.

드레스덴 극장

숲을 지나 다다른 극장은 회색빛 날씨 덕분인지 더욱 음침한 기운이 감돌았다. 마치 좀비가 나올 듯한 도시를 연상시키는 비어 있는 건물들이 입구에서 우리를 맞이했다. 나중에 극장 관계자에게 이야기를 들어 보니 '러시안 군인'들이 집거했던 곳이란다.

다음 날, 화창한 봄 날씨를 보여 준 도시는 정말 아름다운 광경을 펼쳐 보였다. 날씨는 사람의 감정뿐 아니라 건물의 느낌까지도 변화시키는 마법을 가지고 있는 듯하다.

고이면 썩고 썩으면 냄새가 나기 마련인 것을….

숙성과 부패의 차이를 이해하지 못하는구나.

가끔은 소통이
귀를 막을 때가 있었다.

외국에서 아이가 태어나고 얼마 후…

엄마 : 포대기 사자~ 사줄게~

나 : 됐어. 안 써!

엄마 : 그래도 업고 키워야지~

나 : 무슨 포대기야~ 여긴 아무도 그런 거 안 써~

엄마 : 그래도….

한국에 도착 후 알았다.

엄마는 손녀를 당신이 업고 싶으셨던 거다.

멀리 있어 만지지 못했던 손녀를 안아 보고 싶으셨던 거다.

어릴 적 사진들을 보면 항상

가족사진엔 아빠가 없었다.

어디 가서 찍은 것마다….

어릴 적엔 아빠가 사진 찍기 싫어하시나 보다 생각했다.

아이를 가진 지금에 와서야 알았다.

렌즈 밖에서 사진을 찍어 주고 계셨을

아버지 모습이 떠올랐다.

올해는 꼭 가족사진 찍어야지.

핸드폰에

디지털카메라에

아이팟에

캠코더에

컴퓨터에…

가득 찬 아이의 사진과 비디오.

블랙&화이트였던 집은 어느덧

알록달록 바뀌고 있었다.

엄마 : 그래. 기분이 어때?

나 : 아직 실감이 안 나요.

엄마 : 그래. 아린이가 "싫어요", "아니요"라고 하기
시작하면 실감이 날 거야.

.

.

.

처음 뒤집고
처음 말을 하고
처음으로 걸음마를 떼고
처음 입학하고…

하지만 내 머리엔 이 말이 맴돌았다.
"미안해요. 엄마…."

기억

십수 년 전 모르는 문제를 물어보면
"너무 오래돼서 모르겠다. 잊어버렸어!"라던 부모님은
30년도 더 된 아기 보기는 잊지 않으셨나 보다.
살면서 수학 공식 같은 것보다 더 중요한 것은
사랑인가 보다.
(그래도 불안하긴 해. 분명 나도 잘?! 키우셨을 텐데.)

아빠의 어릴 적 사진을 보고

“이거 나야?”라고 묻는 아이?! …

새벽녘 첫째를 출산하고

벨기에에 사는 관계로

산후소리를 못 하는 아내를 위해

이른 새벽 소꼬리를 사다 미역국을 끓여 가져다주었다.

병원에서 시리얼과 빵, 요거트를 먹고 있는

아내를 보고 놀라며

- 어떻게 병원에서 산모에게 이런 걸 줄 수가?!

아내 왈,

- 메뉴에 맥주랑 커피도 있어! 그래도 맥주는

안 마셔. 모유 수유해야 하니까~

상대적 시간

병원에서 긴 진통 시간을 말로만 들었을 땐

솔직히 '어후~ 그 긴 시간을 어떻게 병실에만 있지…?' 하고 생각했다.

그러나 함께 겪은 그 시간은 마치 '시간의 방'에 있는 것처럼 너무도 빠르게 지나갔다.

아가가 더 힘들 거라며

아가가 스트레스 받을까 봐

나오는 비명을 참으며

새 생명을 세상으로 인도해 준

나의 '사랑'에게 존경을 표합니다.

사랑해…

축하해….

뒤집기

뒤집기를 하는 데 99일이 걸렸다.

말 한 마디를 내뱉기 위해 일 년이 더 걸렸다.

가끔씩 지금은 너무 힘들이지 않고

말을 내뱉는 것은 아닐까?

너무 짧은 순간에 역전승이라도 바라는 건 아닐까?

…라는 생각을 한다.

세상 뒤집는 것이 그리 쉽지 않음을 이미 경험했음에도

가끔 그것을 망각한다.

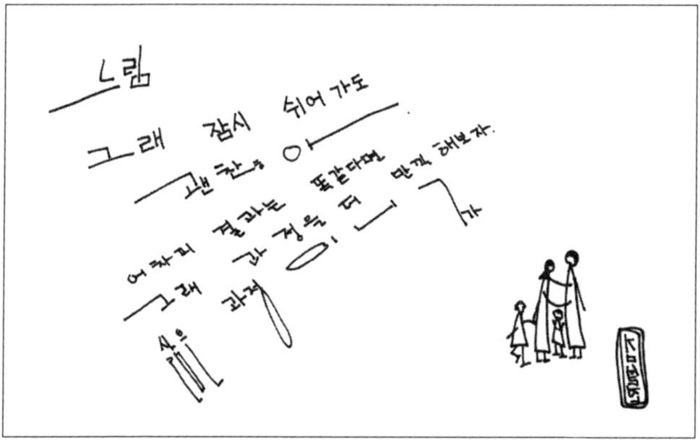

길을 다니며 바이크 혹은 스쿠터에 갔던 관심은
아내의 임신 이후 유모차로 바뀌었다.
폭풍 검색을 하다
'무슨 유모차가 이리도 비싸!'
…라고 생각했던 나,

.
.
.

어느덧 그 유모차를 밀고 있었다.
(흠… 저 유모차도 좋아 보이는군… 이러면서….)

첫째가 집으로 처음 온 날,

난 조그만 소리에도 놀라 깨서 잠을 설쳤다.

가끔은 너무 조용해서 숨은 잘 쉬고 있는지

고요한 콧등에 귀를 기울여 보기도 했다.

시간이 지나

발로 스윙을 흔들고 있는 나를 발견했다.

난 지금 아이에게 거짓말을 하지 않는다.

하지만 처음 거짓말을 했던 날이 기억난다.

"괜찮을 거야~ 우리 아기 착하지~"

"으~앙~!!!"

첫 예방 접종은 그렇게 지나갔다.

왜 이렇게 맞힐 주사가 많은 건지.

그 이후,

"조금 아플 거야. 하지만 나중에 이런 병 때문에

아프진 않을 거야.

친구들한테도 안 옮기고…."

라고 솔직히 말해 주었다.

아이는 꾹 참고 견뎌 내고

나한테 안겼다.

시간이 지나면 사라져 버릴
나의 시간들을 위해….

이 세상에 똑같은 건 단 하나도 없다.

낙서는 필요해

추억은 아름다워

고민은 머리 아파

생각은 자유롭게

후회는 하지 말자

잡념은 지워 버려

기억은 어렵구나

시간은 강물처럼

지구는 둥그니까...

삶은 여행,

여행은 또 다른 삶~

연어,

시간을 거슬러 올라가는 생명체

주인공: 신데렐라

내가 각질 제거 광고를 만든다면~

누명 쓰고 처형당하는 불쌍한 작은 숨

(수컷) 모기

피 빨아 먹고 간지럼으로 애교 부리는 못된 속삭임

(암컷) 모기

어차피 우리에게 남은 거라곤 기나긴 한숨의 끝이로구나….

주인공: 〈백설공주〉의 마녀

내가 스마트폰 중독 공익광고를 만든다면~

제발~
공부해서 남주자!

둘

기대어 한숨을,
눈 감아 내딛는 한 걸음을
삼킨다.
귓가에 맴도는 모기 소리에
혹여나 널 물까 내 볼을 내민다.
내 뺨을 후려쳐 모기는 날아가고
따갑던 얼굴은 간지럽게 솟아올랐다.
눈 감으니 시끄럽고
귀 막으니 지나간 한숨이 비웃는다.

사부작

긴 터널을 지나
밝은 빛을 맞이할 때
그 눈부심에 눈을 뜨지 못하고

다시 긴 터널로 들어설 때
암흑 속에서 뜬 눈으로
앞을 보지 못하고

한참을 지나 보니
저 멀리 소실점 끝자락에
밝은 빛이 또다시 나를 기다린다.

삶은 그런 것.

모두가 자신이 가지지 못한 것을
가지고 싶어 한다.

흐르는 공간에 다른 시각을 부여하고
그곳에 새겨질 이야기를 만들어 간다.

어느 글에서

'아내가 임신했는데 남편으로서 어떻게 해야 하나요?'

댓글에

'노예가 되었다고 생각하세요… 농담 같죠?'

라는 글을 읽었다.

그래!

어차피 노예가 되어야 한다면 행복한 노예가 되어 보자!

기억나? 당신이 태어날 때?

우리는 누군가 말한 것을 믿고 가고 있다.

누군가의 기억에 의해

만들어지는 당신의 과거를 그린다.

무엇이 그대를 움직이게 하는가…?

큰 강물도
작은 강물도
바다로 흘러들어 가면
모두가 같은 '숨'이다.
삶은 강물처럼 흘러 바다로….

원하던 것 중에 기다림 없이 다가온 것이 있었는가?

아직 끝난 건 아무것도 없다.

사라졌다.

타버린 조각들처럼 볼 수나 있으면 좋으련만

그것은 형태도 없이 사라져 버렸다.

당신의 공간

꿈

주인공: 잠자는 숲속의 공주

내가 면도기 광고를 만든다면~

주인공: 라푼젤

내가 모발(탈모 치료) 광고를 만든다면~

기다림,

세상에서 가장 간절한 기다림은

나의 아이가 세상에 나오는 그 순간이다.

아가야, 넌 내 생에 최고의 작품이구나.

남자가 느낄 수 없는, 세상에서 가장 가까운 거리

임신

이름을 짓는다는 건

참 아름다운 일인 동시에

참 어려운 일이다.

며칠간 맑다… 싫었다.

기차를 타고 유럽의 날씨를 여행한다.

또다시 회색 필터가 눈앞을 가린다.

난 아버지란 단어보다 아빠가
어머니란 단어보다 엄마가 아직 좋다.

삶, 예술에 있어 반칙은
최선을 다하지 않은 것이다.

늦었다고 생각하는 나이에도

새로운 것에 도전할 수 있는 용기가

나에게는 있는가?

누구나 움직일 수 있다.
하지만 누구나 움직임으로 감동을 주지는 못한다.

방법론을 습득한 후 그것을 깨는 것,

그것은 깨달음~

몸은 소홀히 하면 금방 삐진다.

모든 것을 파괴하라.

그리고 재창조하라.

예술에 삶을 녹여내되
삶에 예술을 녹여내지 말기를….

항상 아무것도 아닌 순간에

몸은 자신을 알리기 위해 고통을 준다.

누구에게도 아름다움을 가장한 폭력을 행사하지 마라.

그것은 자기 방어적 성향의 가식에서
노는 짓이다.

끊임없이 질문해라.

무엇인가 시도할 때 책임지는 것을 두려워 마라.

'자기 검열'이라는 늪을 조심해라.

누구든, 무엇이든 할 수 있다.

오늘 하루도 헛되이 보내지 않기를….

많은 것은 타이밍이다.
때를 알아야 한다.

관객에게 너무 나의 이야기를 강요하지 마라.

너무 많은 말을 하면 신빙성과 효과가 떨어지기 마련.

무엇을 하고 싶은가?

그것에 확신하는가?

연습-움직임 연습

몸을 알아 가며 그것을 생각대로 사용할 수 있도록 훈련하는 것.

현대무용-동시대에 행해지는 자유로운 춤

테크닉- 본인이 원하는 대로 움직일 수 있는 것

기본- 본인이 무엇을 하고 있는지 아는 것

우리는 많은 시간 동안 외부에서 습득되는 것들로

춤을 접한다.

그러나 춤의 본질은 '내적 흥'으로부터 시작되지 않던가.

외부에서 받아지는 춤과 내적 교류가

어떻게 하면

함께할 수 있을까?

잔은 노트요,

와인은 그 안에 쓰인 글들이니

이제 음미하는 일들만 남았구나.

들이켤수록 깊어지고

읽을수록 취하니 항상 새롭지 아니한가….

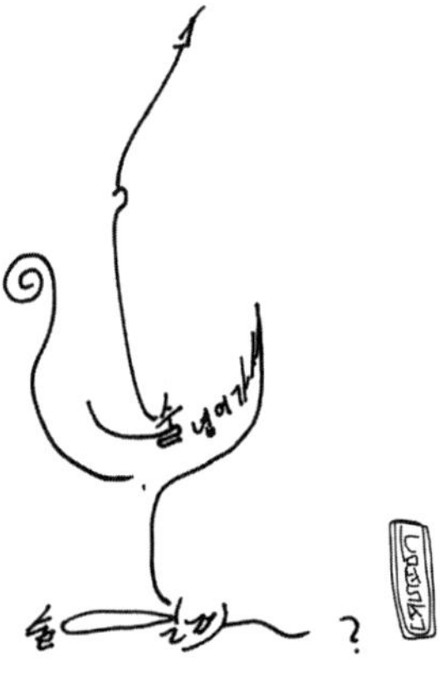

길을 걷는데

친절한 미소로 나에게 다가오는 그 사람.

어딘가 익숙한 미소에 눈이 마주쳤다.

그 사람이 말을 건넨다.

"도를 아세요?"

두려워 마라.

보이지 않는 것에 집착하지 말고

지금 딛고 있는 한 걸음 한 걸음

후회 없도록 최선을 다해

오늘을 살아라.

불이 붙고 나면 전보다 불꽃이 튀지 않는다.

불꽃이 튀지 않는다고 해서

뜨겁지 않은 것은 아니다.

±36.5

나누어도 줄어들지 않고
아무리 함께해도 넘치지 않는
그 온기를 함께할 수 있다면
그냥 그렇게 있어도
괜찮은 체온을 느낄 수 있다면 좋겠다.

당신은 아름답다.

아무도 믿지 않지만
난 무대 공포증이 있다.
많은 사람들 앞에 설 때 아직도 무섭다.
그렇게 박수 소리가 채찍 소리가 된다.

삶은 계획한 대로 되진 않아도
생각한 대로 살아진다.

언제부턴가 기억에서 모든 것이 사라져 버릴지도 모른다는

생각에

그 불안감에 싸여 흔적을 남기기 시작했다.

.

.

.

달리는 창밖으로 손을 내민 아이에게

"위험해, 손 집어넣어!"라고 말하자

아이가 말한다.

"아빠, 이렇게 하면 바람이 잡히는 것만 같아."

불이 붙고 나면 불꽃이 안 튀는 게 아니라
보이지 않는 거야.
사랑처럼….

오름 1

함께하자 했다.

그냥 그렇게 오른다.

아무런 설명 없이 많은 것들을 이야기한다.

무엇이 보이는가? 무엇을 보려 하는가?

그냥 그렇게 한 숨 한 숨 내딛는다.

괜찮다. 그래도 괜찮다.

혼자가 아니라 참 다행이다.

오름 2

시처럼 춤을 쓰고 싶었다.

풍경화처럼 춤을 그리고 싶었다.

사는 이야기가 그렇듯이… 너무 많은 잡음들은

결국에 쉽게 단정 지어 버리는 잣대가 되기도 한다.

무대에 보이는 몸짓들은 각자의 삶에 투영되어

각각의 해석으로 남을 것이다.

수많은 오름들은 산이라 불리지 못한다. 괜찮다.

산이 아니어도 숲이 있고 삶이 있다.

함께하는 이가 있어 더욱 그렇다.

‘I am a boy,
you are a girl.’
중학교 교과서에 있던 이 글을 영국 친구에게 보여 주었다.

한참을 웃던 그가 말했다.

다음 문장,
‘So we go to bed?’가 있냐고
그가 물었다.

스쳐 가는 많은 것들을 우리는 잊어버린다.

스쳐 가는 많은 것들 중 아쉬움과 미련을 남기는 것도 있다.

.

.

.

월급은 왜 통장을 스쳐 가는가….

눈물을 흘리는 것밖에 할 수 없었던 내가

초라하게 느껴졌던 시간이

수면 위로 떠오르고…

그렇게 시간이 지나간다.

절대로 잊지 않겠습니다…

미안합니다….

지워져 버린 글들…

지워져 버린 사진들…

지워져 버린 기억…

그렇게 사라져 버린 시간들…

멈추는 방법

내려가는 방법

다치지 않는 방법

…을 배워야 하는 건

춤이나 인생이나 똑같다.

주변에 소음들이
음악으로 들리기 시작하고
난 춤을 춘다.
내가 바뀌면 세상이 바뀐다.

엄마가 발한다.

-이게 바다란다.

아이는 컵을 가져와 바닷물을 뜬다.

컵에 담긴 바닷물을 보여 주며

-이러면 바다가 아니야?

라고 묻는다….

잠들기 전

아이가 엄마에게 -

"사랑해~"라고 한다.

엄마는 -

"나두~"라고 대답한다.

질투가 났다.

잠시 후,

아이가 엄마에게 말한다.

"좋아?"

.

.

.

헛웃음이 났다.

난 커서 '고래'가 되고 싶어!

내가 들었던 '꿈'중에 가장 근사한 꿈 이었다.

어렸을 때처럼 아이도 하루를 기록한다.
어느 날 날씨 적는 곳에 '나쁨'이라고
적혀 있는 걸 보았다.

아이에게 물었다.
- 날씨가 왜 나빠? 흐린 게 나빠?
아님 비 오는 게 나빠??
아이는 글썽이다 울며 말한다.
- 유치원에선 다 이래~

.
.
.

말을 잇지 못하고 꼬옥 안아 주었다….

한숨을 숨긴 담배 한 모금은

눈물을 삼킨다… 나를 집어 삼킨다.

모두가 잠들었다고 착각하지 말아라.
모두가 깨어 있다고 착각하지 말아라.

그녀는 그랬다….

흘러간 기억에 머물며 말하기를 좋아했으며, 나는 기억을 놓칠세라 모든 기억들을 주워 담기 시작했다. 그녀는 시간을 마음대로 조절할 수 있었다. 아니 정확히 이야기하자면 그녀는 시간 안에서 자유로웠다.

과거와 미래를 수시로 넘나들었다. 비록 불확실한 미래일지라도… . 유일하게 그녀가 지배하지 못했던 것은 '현재'였다. 과거는 점점 과거를 기억해 내야 했던 상황들로 가득해져 갔고 미래의 모습조차 과거를 회상하는 자신의 모습밖에 없었다… .

가끔은 까맣게 아니 하얀빛이 필름에 들어와 깨져 버린 인화지처럼 아무것도 기억해 내지도, 상상해 내지도 못할 때가 있었다. 긴 겨울잠을 자듯… 점점 사라져… 아니… 하얀빛이… 강해져만 갔다. 그녀는 그렇게 그의 기억에서 사라져 갔다.

언젠간 다시 마주하게 될 그에게 들려줄 과거의 추억들을 간직한 채로….

일기장

펜이 바라본 일기장은 어떤 모습일까?

수많은 일들을 해왔다.

나에 대한 보상은…?

그저 흔적을 남기고 사라져 버려야 하는가…?

더 이상 기력이 없다.

누군가 나의 껍데기를 원할지도 모른다는 희망은

이미 버린 지 오래되었다.

시간이 지난 지금 생각해 보면 참 많은 일을 저질러

오ㄴ 것 같 ㄷ ㅏ .

.

.

.

볼펜

다 써버린 볼펜이 나오질 않았다.
분명 예전엔 볼펜 심을 따로 사서
끼워 넣고 다시 썼는데
이젠 그럴 일이 드물어졌다….
안녕. 잘 가. 고마워.

하루 종일 끊임없이 달리다 유일하게 숨을 쉴 수 있는 순간.
그 순간에 토해 내고 먹고 토해 내고 그렇게 '밥벌레'들이 내 몸에 기어드는 것이 그리 유쾌하지만은 않다.
'밥벌레'들을 먹고 토해 낼 때마다 아무도 알아채지 못하게 고통스러운 신음 소리로 노래를 부른다.
정해진 길로만 가야 하는 삶에 나의 곡소리는 멈추질 않는다.

지하철

출퇴근 시간 지하철 안에
웃는 이들은 흔하지 않다.
무표정의 사람들을 싣고 달리는
지하철 소리에 귀 기울여 본다.

그래! 난 산전수전, 공수육탄전까지 다~ 겪었다.

이놈에서 저놈, 저놈에서 그년 심지어 어른, 아이 할 것 없이

이리저리 몸 굴려 가며 살아온 게 내 인생이다.

그래서? 당신은 내가 싫어?

당신도 다른 인간과 다를 바 없어!!!

예전에 네 앞에서 무릎 꿇고 울며불며 매달리던 그 노인네도

나에게 낙인을 찍었던 그 인간들도, 당신도 어차피 내겐 그저

스쳐 가는 존재일 뿐이야!!!

어차피 망가진 인생 갈 때까지 가보지 뭐.

.

.

날 다른 이에게 팔아넘기며 미소 짓던 그 얼굴,

절.대.로. 못 잊어….

내가 이렇게 돌아올 줄은 꿈에도 몰랐겠지?

당신 눈에서 눈물 나게 해주겠어.

이젠 모두가 날 원하니까….

끝

아이가 우유를 토한 냄새
세상 어떤 향기보다
포근하게 느껴질 때,
어미가 가진 동공은
세상 어떤 별빛보다
아름답게 반짝거린다.
나의 심장이 반짝거린다.

세상 모든 별빛이
사라지기 전에
가장 밝게 빛을 낸다면

너는
태어날 때부터
반짝거리는 별빛이었다.
슬퍼 말아라.
너는 반짝거리는 심장으로
세상을 밝힌다.

나는
널 만난 순간부터
반짝거리는 별빛이 된다.

숨이 차다고
삶이 차는 게 아닌데…
삶이 차면
숨이 멎누나….

죽음… 사라지는것
삶… 살아지는것

글은

'ㄱㅡㄹ'로 이뤄진 것일 뿐인데…

'ㄴㅗㅣ'를 흔들어 놓네….

흔한 것:

가치 없게 느껴지는 것.

그러나

꼭 있어야만 하는 것.

동전의 양면을 보려면

비스듬히 보거나

거울에 비춰 보면 된다.

동전에는 앞, 뒷면만

존재하는 것이 아니라

수많은 빗금이 새겨진

옆면도 있다.

삶이 그러하다.

무대에 섰을 때

사람들이 가장 오래도록

기억하는 것은…

실수…

혹은 생각지 못한 강렬함.

그녀가 물었다.

"어떤 작품을 만들고 싶어?"

.

.

.

"Tattoo on your brain."

이라고 대답했다.

유서

나의 장례식엔 까만 옷을 입고 오지 말아 주세요.
나의 장례식에 곡소리 대신 아름다운 음악이 울려 퍼지게 해주세요.
나의 장례식에 오랫동안 보지 못한 누군가를 만난다면 웃음으로 맞이해 주세요.
나의 장례식에서 혹시나 용서 못 할 누군가를 만난다면 그날만큼은 용서해 주세요.
나의 장례식에 오지 못해도 미안해하지 마세요.
나의 장례식에 눈물을 보인다고 미안해하지 마세요.
나의 장례식에 온다면 내 가족들을 꼬~옥 안아 주세요.
나의 장례식에….

혹시나 내가 그대에게 서운하게 한 일이 있다면 용서해 주세요.
혹시나 나의 장례식에 다녀간다면…
지금 곁에 있는 이들을 더 따뜻하게 안아 주세요.

사부작 —

서로를 기억할 수 있게….

내가 떠난 날 사람들이 만나 나도 함께 웃을 수 있다면

얼마나 행복한 '죽음'이겠습니까?

웃으며 그대들을 가슴에 담아 갈 수 있도록….

내가 죽은 날 '제사' 대신 '파티'를 열어 주세요.

'죽음'을 행복하게 맞이할 권리가 우리에게도 있잖아요.

살아 있는 이들에게 축복이 함께하기를….

추신

혹시나 내 껍데기들이 어느 생명에게 필요하다면

기꺼이 함께하겠다고 전해주세요.

마지막까지 함께해 준 당신에게…

고맙고 사랑하고 미안해요….

기억할게요. 담아 갈게요. 영원히….

당신의 공간

"우리가 살아가는 데 왜 춤이 필요한가요?"

어느 날, 공연이 끝난 후 관객과의 대화에서 한 관객이 물어왔다. 사실 그땐 아무 대답을 할 수 없었다. 그 후 오랜 시간 고민에 빠졌다. 과연 우리 삶에는 춤이 필요한가? 춤, 꼭 필요한 것일까?

이제 그 대답을 할 수 있을 것 같다. 예를 들어 보자. 우리는 거금을 들여 어떤 물건(전자 기기 등)을 샀을 때 대부분 사용 설명서를 조금이라도 읽어 본다. 그리고 그 물건을 최대치로 활용하기 위해 좀 더 자세히 사용 설명서를 들여다본다.

하지만 어떠한가? 우리는 태어난 이후 몸에 관한 사용 설명서를 자세히 들여다본 적이 있는가? 모든 인간이 가지고 태어나는 '몸', 물론 각각 생김새, 특이 사항들은 다르지만 그래서 더 소중한 진짜 리미티드 에디션인 우리 '몸'을 잘 사용하고 있는가? 아프고 나서 병원 가는 것 말고 잘 사용하기 위한 고민을 해본 적이 있는가?

사람과 사람의 신체가 접촉하는 순간은 크게 네 가지가 있다.
첫째, 사랑을 할 때.
둘째, 싸움을 할 때.
셋째, 춤출 때.
넷째, 혼잡한 대중교통 안에서.
출퇴근 시간에 사람들로 가득한 대중교통 안에서 사람들 사이에 끼어 있거나 누군가와 신체적 싸움을 할 때 우리는 그리 좋은 감정이 아니다. (아, 물론 가끔씩 어떤 이들은 싸움을 할 때 희열을 느끼기도 하지만 그것은 예외로 하고) 네 가지 중 두 가지, 사랑을 할 때와 춤을 출 때 접촉하는 몸은 정신적으로도 신체적으로도 긍정적인 에너지를 발생한다.

그렇다면 살아가면서 평생 사랑을 못 해 보는 것과 평생 춤을 경험해 보지 못한 것은 비슷한 것이 아닐까?
사람이 살면서 다양한 사랑을 경험하면서 삶이 풍요로워지듯이, 춤을 춤으로써 사람들은 자기가 가지고 있는 몸을 인식하게 되고 타인을 이해하게 되며 서로에 대한 존중을 할 수 있게 되어 결국 더욱 아름다운 삶을 누릴 수 있을 것이다.

춤, 꼭 당신이 살아가는 데 필요하진 않을 수도 있다.

하지만 당신이 가진 특권을 누리지 않을 것인가?

춤춰라, 인생이 달라질 것이다.

당신의 공간

사부작사부작 01

초판 1쇄 발행 2017년 9월 20일

지은이 김설진
발행인 이선애

표지 디자인 KEAB
본문 디자인 Savory*

발행처 도서출판 레드우드
출판신고 2014년 7월 15일 (제25100-2014-000048호)
주소 서울시 강남구 밤고개로 26길 50 강남한신휴플러스 607동 202호
전화 070-8804-1030 **팩스** 02-379-8895
이메일 redwoods88@naver.com
블로그 blog.naver.com/redwoods88

값은 뒤표지에 있습니다.
ISBN | 979-11-87705-08-6 (04810)
979-11-87705-07-9 (세트)

당신의 상상이 한 권의 책이 됩니다.
지혜를 나눌 분은 원고와 아이디어를 redwoods88@naver.com으로 보내 주세요

...혹시

<당신의 공간>-네모에 갇혀 있었나요?
<사부작사부작>-모든 공간이 당신 것입니다.